KB141969

네 우주의
은하수가
되어볼래

영지의) 그 림 일 기

네 우주의
은하수가
되어볼래

최영지 글·그림

시드앤피드

차례

작가의 말
아스라이 있는 것도 좋아

잘 봐. 이건 성냥이야
불을 붙여도 금세 꺼지고 말아

거꾸로 세우면 좀 더 잘 타겠지
그런데 손을 다치지 않겠니

쓰고 나면 다 타지 않은 부분이 남아
아깝지만 버려지는 부분이지

그래. 마찬가지야

아스라이 떨어져 있는 것도 좋아
답답하지 않을 만큼

멀리 있으면 좀 어때
가까이 갈 시간이 많잖니

성냥이 되는 건 난 조금 별로
―〈아스라이〉

연애하기 전, 남자친구와 대구-안산이라는 장거리 연애를 해야 한다는 사실에 제가 망설이며 아쉬워할 때 남자친구가 써준 시입니다. 누군가가 저를 생각하며 쓴 시를 받아본 것도 처음이었지만 너무 뜨겁지 않은 온도로 저를 안심시키려는 그 마음에 왠지 그냥 기대보고 싶어져서 '그래, 까짓것. 좋아 죽겠는데 장거리가 대수야.' 하고 생각하게 되었던 것 같아요.

저희는 왕복 8시간의 거리가 무색할 만큼 어느 커플보다 오랜 시간 붙어 있었고, 성냥이 되지 말자던 다짐이 우습게 느껴질 만큼 활활 타오르는 연애 초기를 보냈습니다. 한창 뜨거울 땐 이 마음이 타들어가는 성냥이 아닐까 조바심이 들기도 했어요. 다행히 겨울에 만나서 봄, 여름, 가을을 보내고 다시 겨울이 오고 있는 걸 보니 금방 타오르다 꺼져버릴 성냥 같은 사랑은 아니었나 봅니다.

늘 좋기만 했던 연애 초기를 지나 슬슬 서로의 단점이 보이기 시작하고 다툼이 잦던 시기에도, 서로 익숙해져서 관계의 변화를 받아들여야 했던 시기에도 남자친구는 이따금씩 시를 써서 보내주었습니다. 하지만 제 머릿속에 제일 먼저 떠오르는 시는 늘 〈아스라이〉였어요. 남자친구의 의도에 비해 제가 과하게 의미 부여를 한 감이 있지만 저에겐 그 시가 매번 다른 의미로, 다른 온도로 읽혔거든요.

'활활 타고 사라질 마음이 아니니까, 아스라이 떨어져 있는 것도 괜찮아. 답답하지 않을 만큼. 너무 뜨겁게 달려들지 말자.'

처음엔 그렇게 되뇌면서도 진짜 사랑이라면 그게 가능한 걸까 의심이 들기도 했어요. 그때까지 저에게 사랑이란 불같이 뜨거워야만 하는, 늘 마음을 조급하게 만드는 것이었으니까요. 그런 제게 남자친구의 말은 조금 불안하게 느껴지기도 했습니다. 아스라이, 그렇게 점점 희미해지다가 시야가 닿지 않는 곳으로 영영 멀어져버릴까 봐.

하지만 연애할 때면 불같이 뜨거운 감정을 전부 소진시켜야 직성이 풀려서 기어코 불씨를 꺼트리고 말던 저에게 그 시는 어느새 제가 따라야 할 지침이 되었습니다.

'소진되지 말자. 너무 뜨거울 땐 잠깐 동안, 아스라이 떨어져서 바라보자.'

물론 늘 마음먹은 대로 되지는 않았습니다. 여느 사람들처럼 저는 제 방식에 너무도 익숙한 사람이라 남자친구와 수많은 시행착오를 겪어야만 했습니다. 하지만 그러면서 배우게 되었어요. 사랑이 다 불같을 필요는 없다는 것. 이런 형태도 저런 형태도 다 사랑일 수 있다는 것. 그러니까 되도록이면 상대가 조금이라도 더 안심하고, 기뻐하고, 행복해할 수 있는 형태로 표현해야 한다는 것. 그렇게 아직도 사랑하는 방법을 조금씩 배워가고 있는 중입니다.

'아스라이'라는 단어를 참 좋아합니다. 아득히 멀어 보이면서도 왜인지 숨이 닿고 체온이 느껴질 것 같은 표현이에요. 눈이나 머리보다 마음으로 먼저 와 닿는 거리처럼 느껴집니다. 남자친구의 말대로, 아직 서로에게 가까이 다가갈 시간이 더 많아서일까요.

아스라이 잊히기엔 아쉬운 순간들을 짧은 만화로 기록했습니다. 뜨겁게 타오르기도 하고, 때론 무료해하기도 하고, 크고 작은 시행착오를 겪으며 느꼈던 사소한 깨달음의 순간들. 지금의 저를 더 풍요로운 사람으로 만들어주었던 그런 순간들을 담았습니다.

이제 막 사랑을 시작하는 이에게도, 사랑을 흘려보내는 이에게도, 사랑에 상처받거나 아직 사랑에 확신이 서지 않는 이에게도 제 이야기가 가 닿을 수 있었으면 좋겠습니다. 제 만화가 식어버린 마음에 작은 불꽃을 일으키고, 흔들리는 마음에 방향을 제시하고, 상처받은 마음을 치유할 수 있는 계기가 될 수 있기를 바랍니다.

Part 1

이별편

———

다 지나갈 거야

•

지긋지긋한
관계가 끝났다

관계의 끝

3년 가까이 꾸역꾸역 이어왔던 지긋지긋한 관계가 끝났다.

그가 아닌 나를 잃어버린 것만 같다.

다 지나갈 거야

난 원래 그래

왜 그렇게 바보같이 연애했을까?
나를 잃고 있었다는 건 나는 어떻든 걔가 늘 중심이 돼서
하나부터 열까지 다 걔한테만 맞춰줬다는 거 아니야.

그리고 반대로 걔는 나한테 하나도 맞추려고 하지 않았기 때문에
점점 그 연애에서 나는 멀어져갔던 거지.

생각해보면 그래.
내가 뭔가 문제를 제기하면 걔는 항상

난 원래 그래.

라고 말해왔어.
그 말이 뭐가 문제냐고?

갉아먹힌 자존감

〈이별편〉에피소드는 새로운 사람을 만나고도
한참 후에 그려졌다는 것을 알아야 한다.

쿨쩍

쿨쩍

나도 처음에는 오만 청승도 다 떨어보고
하루에도 몇 번씩 매달리고 싶은 충동도 억눌러봤고
수없이 많은 날 자책도, 반성도 해봤다.

그런데 그 감정의 늪에서 헤어나고 나니까 알겠더라.
내 잘못이 아니었거나, 나만의 문제가 아니었음을.

나는 그저 이별을 인정하고 싶지 않은 마음에
모든 잘못이 내 것인 양 전부 떠안고 자책했던 것이다.

내가 그렇게
말하지 않았었
더라면….

내가 조금만
더 잘했더라면….

내가 그 화제를
꺼내지 않았더라면.

참았더라면.

그렇게 바보같이
굴지 않았더라면….

그 짓이 내 자존감을 스스로 얼마나 깎아먹을지도 모르고.

그리고 그 깎아먹힌 자존감이
앞으로 나를 사랑해줄 사람에게 얼마나 큰 짐이 될지 모르고.

'내가 나를 아껴야 남도 나를 아낀다'
라는 흔하디흔한 말의 의미를
한 번쯤은 제대로 생각해볼 필요가 있다.

사랑할 준비

'저에게도 새로운 사랑이 올까요?'
'제가 다시 누군가를 만날 수 있을까요?'

라고 물어오는 분들이 종종 계시다.

제가 먼저 물어볼게요.

누군가 새로운 사람이 왔다면 받아들일 준비가 되셨나요?

기차에 타면 순방향 좌석과 역방향 좌석이 있다.
순방향으로 앉으면 계속해서 새로운 풍경을 맞이하게 되지만

역방향으로 앉으면 지나간 풍경만 보게 된다.
새로운 풍경이 새로운 것인지도 모르고 지나가버리는 것이다.

순방향으로 앉아도 빠르게 지나가는 풍경을
하나하나 캐치하기란 쉽지 않은 일이다.

그런데 두고 온 것이라도 있는 양
매일매일 역방향으로 앉아서

무언가 저절로 손에
잡혔으면 하는 마음은

너무 거저먹으려고 하는 것 아닐까?

그러니 먼저 대답해보세요.

혹시,

뒤를 보고 걷고 있지는 않나요?

내 사람들

좋은 이별

'좋은 이별'이란 없다고 수없이 들었는데
왜일까, 나에게 이별은 좀 다를 거라 생각했어.

그런데 막상 해보니까, 이별이란 게

좋게 포장하면 할수록

미련도 덕지덕지 따라붙더라고.

다시 만날 것도 아니면서,
    그 애매한 희망이 나를 점점 숨막히게 했어.

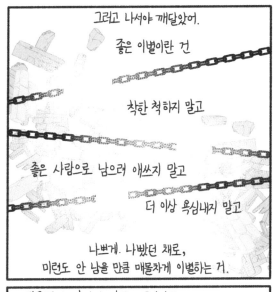

그리고 나서야 깨달았어.

좋은 이별이란 건

착한 척하지 말고

좋은 사람으로 남으려 애쓰지 말고

더 이상 욕심내지 말고

나쁘게. 나빴던 채로,
미련도 안 남을 만큼 매몰차게 이별하는 거.

하루빨리 각자의 자리로 돌아가서
새로운 시작을 할 수 있도록

최대한,

최대한
숨 죽여주는 거.

그런 게 좋은 이별이더라.

착지

이렇게 차곡차곡 정리되다가도
또 한순간에 무너지곤 한다.

그래도 계속 쌓고 무너지길 반복하다 보니,

존재의 의미

시원하게 웃어본 게 언제였는지 까마득 하다.
이젠 별로 웃고 싶다든가, 웃어야겠다는 생각도 들지 않는다.

으....

어색....

.....

행복이란 개념도 다 허상인 것 같아.

인간이 만들어낸 모든 개념에서 벗어나면
결국 '유해한가, 무해한가' 만 남게 되지 않을까?

나는 그냥 숨이 붙어 있는 무해한 동물일 뿐이다.
살아 있다고 다 살아 있는 것일까?

아니, 잠깐.

나는 내셔널지오그래픽 같은 채널을 보면서
이성보다 본성으로 움직이는,
어쩌면 행복이란 개념조차 모르는 동물들을 보면서

그들이 살아 있을 가치가 없다고 생각한 적이 있던가?

그런데 나는?
나한테는 왜 그래?

자학 좀
하지 마.

꽃밭으로

○- - - - - - - - - - - - - - - - -○

종종 나에게 쪽지로 연애상담을 해오는 분들이 계신다.
하나하나 상담해 드리기엔 너무 벅차기도 하고
나도 사실 경험치가 높지 않아서 제대로 답변해드리지는 못하지만

어떻게 해야 할지 모르겠어요···.

더 이상 의미가 있을까요?

어떻게 극복 하셨어요?

죄송해요, 너무 막막해서 그냥 털어놓고 싶었어요

너무 힘들어요.

과거의 내 모습을 보는 것 같아···.

헤어지라고, 말씀드리고 싶다.

생판 모르는 저에게 쪽지를 보내면서 많은 고민과 용기가 필요했잖아요.
그런데 그렇게, 누구에게라도 털어놓고 싶을 만큼 힘든 연애를
하고 있는 거잖아요.

자존감을 갉아 먹히고 스스로를 점점 잃어간다고 느끼잖아요.
문제를 해결해보려고 정말로 많이 노력했는데,
바뀐 것이 없었잖아요.

스스로를 그렇게 방치해두지 마세요.
정 때문에 못 헤어지는 거라면
그 '정'이란 게 쌓이는 시간을 더 늘리지 마세요.

가뭄 속에서 한 모금씩 주어가는 물에 현혹되어 길들여지지 마세요.
숲으로, 바다로, 꽃밭으로, 원래부터 그렇게 풍요로운 곳으로 가세요.

한때는 좋았었지만, 이제 돌아오지 않을 과거라는 걸 인정하세요.
불행한 연애를 끝내세요.

토닥..

토닥..

행복해 지세요.
진심으로, 당신들이 행복해졌으면 좋겠어요.
당신은 행복해질 자격이 충분해요.

Part 2

사색편

—

스스로 정한 좌표

•

성장하자
부지런히 답을 찾자

집 밖으로 나가게 하는 친구

생각하는 연습

내 생각은 항상 꼬리에 꼬리를 물고 이어져
멈추는 법이 없다.

그러다 문득 생각하는 습관을 잘못 들였다는 걸 깨달았다.
나는 항상 결론이 날 때까지 생각하지 않는다.

뭔가 복잡해진다 싶으면 다른 생각으로 넘어가버렸다.
그러다 보니 생각이 많기만 하지, 깊지는 못했다.

사람은 생각을 멈추는 순간 늙는다.
생각이 편향될수록 새로운 생각에 접근하는 건
훨씬 어려운 일이 된다.

생각은, 저절로 되는 것이 아니다.
끊임없이 연습하고 개발해야 하는 것이다.

책 속의 답

지겹게 듣던 말들의 의미를 갑자기 깨달을 때가 있다.

초등학교 때부터 지겹도록 들어왔던
'책 속에 답이 있다'라는 말이 그러했다.

그러나 '답'이라는 것은 '질문'이 있을 때만
찾을 수 있는 것이다.

아마 지금 내 마음을 울리는 책을 옛날에 읽었더라도
나는 이해하지 못했을 것이다.

앗,

그때 이해했다고 생각했는데

전혀 이해한 게 아니었어…!

무언가에 대해 궁금해지지 않는다면 멈춰 있긴 않은지 돌아보자.

왜 그랬을까? 그렇게 행동하는게 최선이었을까?

일단 찾아보고 다시 생각 해보자….

성장하자.
성장하기 위해 끊임없이 질문하고, 부지런히 답을 찾자.

울림이 있는 사람

빈센트 반 고흐

그는 그림을 통해 사람들과 소통하고 싶어했지만
그가 그린 800여 점의 그림 중 그의 살아생전에 팔린 그림은
단 한 점뿐이었다.

그럼에도 그가 포기하지 않고 계속 그림을 그릴 수 있었던 것은
그만큼 간절하게 자신의 존재를, 흔적을 남기고 싶었기 때문이 아닐까?

자신이 삶을 얼마나 사랑하는지 말하고 싶었던 것 아닐까?

그는 너무도 외로운 인생을 살았지만
그 공허함과 고독마저도 사랑하는 삶을 살았다.

나는 외로움이라는 것을 만나면 피해서 가기 바빴다.
편한 길은 얼마든지 있었으니까.

그러나 이제 그렇게 가볍게 살고 싶지 않다.
묵직한 사람이 되고 싶다.
울림이 있는 사람이 되고 싶다.

누군가 내 작품을 볼 때 나의 삶까지 궁금해하는 사람이 되고 싶다.

높은 곳이 아니라,
깊은 곳에 자리잡고 싶다.

세상을 풍요롭게 만드는 것

도서관에서 특별진행되는 이명현 박사님의 강의를 들었다.

한 천문학자가 있었는데, 그는 고흐의 그림을 사랑했다. 그는 고흐의 그림에 그려진 별를 보고 그 별이 정말로 거기에 있을까, 하는 궁금증을 견디지 못해 실제로 그림 속 장소를 찾아가 몇 년 동안 분석했다.

그 결과, 놀랍게도 그는 그 별이 진짜 거기에 있었음은 물론, 그 별이 그림 속의 위치에 있는 시기를 추적해서 고흐가 자살하기 6주 전에 그렸다는 사실까지도 알아냈다.

그는 경이로움을 느끼고 그 뒤로도 쭉 고흐의 그림을 추적했다.

그런 그를 보고 누군가는

생산성도 없게,
그런 쓸데없는 일을 왜 해?

라고 말할지도 모른다.

그러나 고흐의 그림은 그의 작업으로 인해 훨씬 더 풍요로워졌다.
일출인지, 일몰인지 모호해서 제목미정이던 그림 속 장소를 추적해
〈월출〉이라는 제목을 붙여주기도 했다.

이명현 박사님은 말했다.

이걸 알아버린 이상
앞으로 고흐의 그림에 그려진
별을 보고 그냥 넘어가진
못할거예요.

세상을 바꾸는 건 혁명일지도 모르지만
세상을 풍요롭게 하는 건,
이런 사소하고 쓸데없어 보이는 것들일지도 모르겠다.

스스로 정한 좌표

그러곤 그것마저도 아름다운 것이라 믿어왔다.

그러나 소실되어 버리면 그만이다.

우주에서 내 모습은 더 이상 찾을 수 없을 것이다.

나는 항성이 될것이다.

큰 행성에 의지해 잠깐 반짝이고 사라지는 유성이 아니라,
희미하고 작을지라도 스스로 빛을 내는 별.

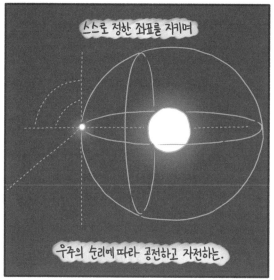

스스로 정한 좌표를 지키며

우주의 순리에 따라 공전하고 자전하는.

신발 끈

어떤 날은 신발 끈을 있는 힘껏 꽉 묶고 나갔는데,

넘어지면
안 되니까!

걷다 보니 발이 쑤시고 아팠는데도 그냥 계속 걸었어.

음….
너무 꽉 묶었나?

좀 불편한데….

그런데 집에 돌아와서 신발을 벗어보니 멍이 들어 있는 거야.

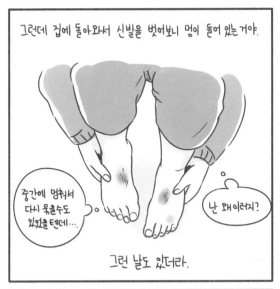

그런 날도 있더라.

그러니까, 이번에는 조금 느슨하게 묶고

같게 산책해보려고 해.

소중한 것의 의미

선택지

세상 모든 일에 선택지가 이 다섯 가지밖에 없을까?
아니, 훨씬 더, 무수한 선택지들이 있을 것이다.

상황을 부정적으로 몰고 가는 것은 어쩌면
상황 자체가 아닌 극단적인 <u>선택</u> 때문이다.

특히나 낮설고 힘든 상황에 처했을 땐
그런 극단적인 선택거밖에 안 보였던 것 같다.

이건 답이 없어!
끝이야!!

신기하게도 끝이라고 생각한 순간
정말로 온 힘을 다해 끝을 향해 돌진하고 있었다.

끝이 아니라고 생각했다면
분명 다른 선택지들이
보였을 것이다.

어디로
가볼까~

그러니 항상 기억하자.
고작 윷놀이에서도 선택지는 다섯 개나 있다.

흐르는 강물처럼

〈 흐르는 강물처럼 〉

브래드 피트가 나오는 이 영화는

우리 완벽하게
이해할 순 없어도
온전하게 사랑할
수는 있습니다.

라는 명언을 남긴 영화다.

그러나 나에게 그보다 더 와닿는 대사가 있었다.

"인생은 예술품이 아니며
　　순간은 영원을 지배하지 못한다."

예술품이란 것은 어느 한 순간의 포착이다.
어느 위대한 음악가의 곡, 위대한 화가의 작품.

모두 어떤 순간의 감격, 환희, 공허,
그 순간을 지배하는 감정을 포착해낸 것이다.

피카소의 작품에 청색시대가 있었다고 해서
그의 인생이 전부 푸른 빛을 띠는 것은 아니었다.

강물의 수위가 높아지든 낮아지든,
가끔 흙탕물이었다가 맑아졌다가 해도

결국은 흘러가는 것이다.

순간은, 순간일 뿐이다.
순간에 지배되어서는 안 된다.

초경 파티

그러곤 진짜 그날 파티를 했다.

영자가 진짜 여자가 된 날이야. 축하해.

우와, 이게 말로만 듣던 성년식이야?

← 당시 10살 남동생

맞아!
(아님)

지금 생각하니 그때 그렇게 가르쳐준 선생님도,

생리는 축하해야 할 일이에요

바로 축하파티를 열어준 부모님도

참 감사하다.

불완전한 사랑

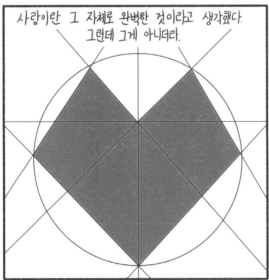

사랑이란 그 자체로 완벽한 것이라고 생각했다.
그런데 그게 아니더라.

완벽한 사람도, 완벽한 사랑도 없다.

우린 대부분 완벽한 것을 동경하지만
불완전한 것을 사랑한다.

사랑도 그렇다.

불완전하기에 노력해야 하는 것.
불완전하기에 지켜내야 하는 것.

불완전하기에 자꾸만 안타깝고 채워주고 싶은 것.

그런 게,
사랑인 것 같다.

사람 사는 세상

그런데 그게 정말 '말도 안 되는 일'이었을까?
전 세계엔 75억 명의 인구가 있고,

모든 경우의 수는 열려 있다.

그러니까, '일어날 수 없는 일' 같은 건 없는 것이다.

명심하자. 사람 사는 세상이다.

닭살

경험과 성장

50년의 선물

빈센트 반 고흐가 자살(로 추정)한 나이는 37세이다.

나는 여태 '아, 그렇게 젊은 나이에....'라고 생각했는데,

다시 생각해보니 그 당시 평균 기대수명이 50세 정도밖에 안 되었던 걸 생각하면 이미 그는 중∼장년의 나이였다.

그러니까, 중년이 넘어가는 나이까지 아무도 자신의 가치를 알아주지 않는 고독을 견디고 그림을 그렸던 것이다.

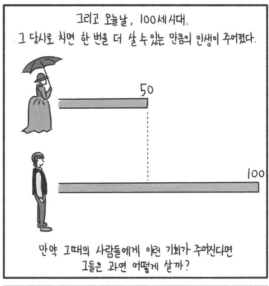

그리고 오늘날, 100세 시대.
그 당시로 치면 한 번을 더 살 수 있는 만큼의 인생이 주어졌다.

50

100

만약 그때의 사람들에게 이런 기회가 주어진다면
그들은 과연 어떻게 살까?

나는 내 100년을 그들의 50년처럼밖에 살고 있진 않은가?

1번주자
도착지

영영
영급

50년

2번주자
도착지
100년

우리에겐 50년이라는 선물이 더 주어졌다.
그 선물을 어떻게 더 가치 있게 쓸 수 있을지 고민해봐야겠다.

우울한 날

안 좋은 일이 생긴 것도 아닌데
굳이 어둠을 찾아가고 싶을 때가 있어.

그렇게 우울의 바다를 헤엄쳐 가다가

가장 어두운 곳에 있는 나를 찾아서

마음껏 슬퍼하다가

충분히 가여워하다가

다시 돌아오고 싶은 날.

비 오는 날에, 아무 일도 없는데 무슨 일인가 있는 것처럼
괜히 정처 없이 빗속을 헤매고 싶은 날.

누구든 함께 있으면 나아질 것 같은데
아무도 만나고 싶지 않은 날.

지나가면 그렇게 청승 떤 게 민망해질 정도로
아무 일도 없는데 괜히 슬퍼지고 싶은 날.

그런 날은 어떻게 해야 할지 모르겠어.

개미 소년

'이런 우울한 날엔 어떻게 하나요?'
하는 게시글에 100개가 넘는 댓글이 달렸어.

독서를 해요

왜 우울한 건지 곰곰이 생각해봐요

슬픈 노래를 듣거나 슬픈 영화를 보곤 펑펑 울어요

하루종일 자요   너무 공감돼요

재프로그래밍을 해요   마셔요

그냥 펑펑 울고 나면 괜찮아지더라고요.

방에 하루종일 틀어박혀서 우울을 즐겨요

향초를 피우고 음악을 들어요

운동을 해요

사람들마다 그 방법이 다른 것이 재미있기도 하고 한편으론 다들
나랑 비슷한 늪에 빠지는구나, 하는 안도감에 위로가 되기도 했어.

댓글들 모두 나에게 위로가 되었지만
그중에서 유독 눈에 띄는 댓글이 있었어.

"개미를 보아요."

개미를 보고 있으면 무언가 아끼는 마음이 생긴대.
너무도 심플하고 명료한 댓글에 감동을 받고 말았어.

나 사실은 누군가 나를 잡아줬으면, 나를 아껴줬으면,
내 존재의 가치를 확인시켜줬으면 하는 마음이 강했을지도 몰라.

그런데 이제 막 고등학생이 된 이 소년은
무언가를 아끼는 마음이 늪에서 헤어나오는 방법이래.
어쩜 20대 중반을 넘어가고 있는 나보다 더 듬직할까?

어릴때는 선물을 받으면
그만큼 기쁠수가 없었어.

그런데 점점
어른이 되어갈수록

누군가를 행복하게 하는
기쁨이 더 크다는 것을
깨달았지.

그런데 지내다 보니 그마저도 무뎌진 건지,
깜빡 잊고 지내고 말았어.

분명 행복해질 것 같아.

네가 없는 자리

너무 익숙해져 있는 누군가가 갑자기 내 곁을 떠난다는 것.

무의식중에 내가 널

참 많이도 의식하고 있었구나,

하고 깨닫게 됐어.

아주 작은 소리에도 잠에서 깨어 날 빤히 바라보는 널
안심시키려고 아주 작은 소리라도 나면 본능적으로 네가 없는
휑한 공간을 돌아보게 된다든가,

내가 움직이는 소리에 네가 깰까 봐
최대한 기척 없이 움직이는 몸에 밴 습관이라든가,

네가 좋아하던 음식, 물건, 소리, 장소….
그런 것들이 보일 때마다 네게 주고 싶은 마음과

그때마다 네가 이제 내 곁에 없다는 걸 다시금 깨닫게 되는 것.

잘 지내.

나 잊으면 안 돼.

다듬어질 시간

사람이 바뀌기란 쉽지가 않다.
그러나 우리는 너무 쉽게 상대가 바뀌기를 원한다.

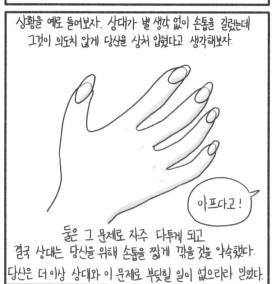

상황을 예로 들어보자. 상대가 별 생각 없이 손톱을 길렀는데
그것이 의도치 않게 당신을 상처 입혔다고 생각해보자.

둘은 그 문제로 자주 다투게 되고
결국 상대는 당신을 위해 손톱을 짧게 깎을 것을 약속했다.
당신은 더 이상 상대와 이 문제로 부딪힐 일이 없으리라 믿었다.

그런데 손톱은 깎은 직후가 더 날카롭다.
상대의 짧게 깎은 손톱이 날카로워서 당신은 또 상처가 나고 말았다.

둘은 또 싸웠고 앞으로도 같은 일로 싸우게 될 것이라 생각하며
서로를 절망적으로 보기 시작했다.

무엇이 문제였을까?
둘은 손톱이 '다듬어질 시간'을 받아들이지 못했다.

손톱이 다듬어질 시간 동안 조금의 거리를 두었다면 어땠을까?
또는 너그러운 마음으로 다듬어질 동안 지켜봐줄 수도 있었을 것이다.
물론 그 기간 동안 당신이 상처 입는 것을 참으라는 것이 아니다.
그저 화내지 않고 자상하게 '인지'시켜 준다면

분명 서로의 노력이 보이게 될 것이다.

영향력

과시욕

두서없이 되돌아보자면 내 자랑은
자랑하는 순간 잠깐의 우쭐함을 위한 것이었다.

사람이 어찌
이다지도
간사할까.

나도 힘들었던
순간 누군가의
자랑에 분명 작아져
본 사람인데.

명확하게 나를 공격한 대상이 있다면
그를 원망하고 미워하면 그만이겠지만 이 경우엔
딱히 의도적으로 나를 괴롭힌 대상도 없었기에

원망과 미움의 화살은
오롯이 나에게서 발사되어 나에게로 꽂혔다.

그런데 그런 괴로움을 겪어놓고도 그 잠깐의 근질거림을 참지 못하고
'이다지도 근사하고 행복한 내 모습을 봐.'라며 나 또한 들이민 것이다.

그 자랑의 무게에 짓밟힌 자존감이 몇 달을 앓을 수도
있겠다고 생각하니 뒤늦게 너무 경솔했다는 생각이 들었다.

진짜 행복이라면,
그렇게 애써 드러내려 하지 않아도 행복한 것이다.

그러니 과시하지 말자.

중심 잡기

다른 사람의 견해에 휘둘리지 않고 중심을 잡는 것.
머리로는 알고 있지만 막상 그런 상황이 되면
그러기가 힘들었다.

> 너 호구 아니야?
> 나였음 진짜
> 찌증날 것
> 같은데.

> 그런가…?

타인의 기준에서 행복한 사람이 됐다가 불행한 사람이 됐다가.
내가 느끼고 있는 감정, 생각과 다른 견해들이
불쑥 내 거였던 것처럼 나에게 훅 치고 들어오는 경우가 많았다.

사람들은 각자의 견해가 있고 그것이 경험으로부터 얻은 것이라면
더욱이 확신에 가득 차 있다.

> 그렇게 해야
> 되는 거야~

> 그래…?

> 그게
> 아니었을
> 지도…‥

그러나 다들 한 번쯤 경험해보았을 것이다.
그 견해가 정답인 양 타인의 상황에 대입해서 실컷 조언해놓고
후에 더 경험해보니 그 견해가 답이 아니었단 것을 깨닫곤
미안해졌던 적이.

그러니 다른 사람의 조언에 너무 휘둘리지 말고
자신이 깨달은 것이 전부인 양 휘두르고 다니지도 말자.

자신만의 방법으로 자신만의 견해를 점차적으로 찾아가고,
어떤 기준에서가 아닌, 스스로 행복을 느끼면 그만이다.

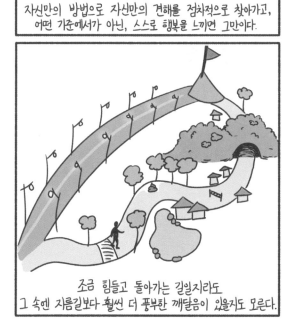

조금 힘들고 돌아가는 길일지라도
그 속엔 지름길보다 훨씬 더 풍부한 깨달음이 있을지도 모른다.

눈동자

사람과 사람이 만나면 대부분 눈을 보고 대화한다.
그래서 나는 눈동자가 그 사람의 창이고 우주같이 느껴진다.
그런데 그런 눈동자를 가리는 것이 내겐
실체를 숨기고 어떤 이미지 안에 숨는 것같이 느껴졌다.

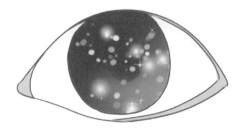

그렇다.

나는 개인적으로 써클렌즈를 별로 좋아하지 않는다.

써클렌즈를 낀 사람과 마주하는 것도 조금 어려웠다.
어딘가 숨기고 감추는
왜인지 현실과 동떨어진 느낌이 들었기 때문이다.

다만 사람들은 그런 알 수 없는 느낌이
신비로워서 좋아할까, 생각할 뿐이었다.

나 또한 눈에 비해 눈동자가 작은 편이라며 주변으로부터 한번씩 써클렌즈를 권유받곤 했는데, 두어 번 껴보곤 까지 않았다.

내가 아닌 것 같아…

나는 그다지 신비롭거나 이쁘지도 않은 내 눈동자를 있는 그대로 좋아한다.
나를 충분히 잘 표현해주고 있다고 생각하기 때문이다.

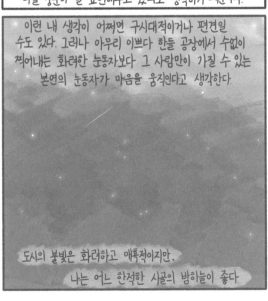

이런 내 생각이 어쩌면 구시대적이거나 편견일 수도 있다. 그러나 아무리 이쁘다 한들 공장에서 수없이 찍어내는 화려한 눈동자보다 그 사람만이 가질 수 있는 본연의 눈동자가 마음을 움직인다고 생각한다.

도시의 불빛은 화려하고 매혹적이지만,
나는 어느 한적한 시골의 밤하늘이 좋다.

편견

대학교 때 스키 보드 강의 실습에서 만화과인 우리는 무용과 아이들과 같은 방을 배정받았다.

전혀 다른 속성의 과라 혹시 우릴 깔보거나 함부로 대하지는 않을까 긴장했는데 의외로 착하고 순수한 아이들이라 금방 친해지게 되었다.

그러다가 편견에 대한 이야기가 나왔는데,

TV에 사회 부적응 오타쿠가 나온 후로 만화과라고 하면 일단 '오타쿠'라는 의심부터 깔고 들어가는 것 같아.

그런데 실제로 만화하는 애들 중에 그런 애들 거의 없거든. 그런 시선 받을 때 진짜 짜증나.

맞아.

우리도 그런 거 있어.

무용한다고 하면 왠지 신비롭거나 잘 놀 것 같나 봐.

무용과라고 하면 되게 무섭거나 싸게 보는 것 같아서 속상해.

부끄러웠다.

아….

나 역시 이렇게 편견에 차 있는 사람이었으면서 타인의 편견 때문에 짜증 난다고 말하고 있는 꼴이라니.

상처받은 캐릭터의 진실

가끔 스토리보다 캐릭터에 꽂히는 영화가 있다.
그런 영화를 보면 나는 한동안 그 캐릭터처럼 되고 싶어서
안달이 나곤 했다.

특히 잘 꽂히는 종류의 캐릭터가 있었는데,
바로 '내면의 상처'를 가지고 있는 캐릭터였다.

내면의 상처가 있는 캐릭터들은 뭔가 그 특유의 어둠이
멋져 보이기도 하고 왜인지 모를 신비감에
자꾸만 궁금하고 빠져들게 만들었다.

(비극의 주인공
컨셉)

휘
이
잉

문제는 그런 캐릭터에 영향을 받자니 일단 우울해지고
상처를 더 과시하고 봐야 할 것 같은 기분이 들었다.
그래야 더 있어 보일 테니까.

그런데 최근에 오랜만에 캐릭터에 꽂히는 영화를 보고
무언가 놓치고 있던 것을 깨달았다.

내면에 상처가 있는 캐릭터가 진짜 매력적인 이유는
상처 때문이 아니라 그 상처로부터 스스로를 지키려고
무던히도 애쓰는 모습 때문이었던 것이다.

내면으로 숨어버리지 않고 그 상처를 딛고 일어나고자 하는
의지와 신념. '그럼에도 불구하고' 자신과 삶에 대한
애착을 놓지 않는 강함. 결국 그 캐릭터가 호감으로 다가왔던
이유는 '상처'가 아닌 '성장'이었다.

다행이야.
이제 긍정적인
영향만 받을 수
있을 것 같아.

후각과 기억

후각은 기억과 밀접한 관련이 있다고 한다.

흙 냄새, 비에 젖은 풀 냄새, 계절이 바뀌는 냄새 같은 걸 맡으면
머리가 그때의 일을 채 기억해내기도 전에
그때의 감정부터 느끼게 된다고 한다.

가을을 흔히들 '그리움의 계절'이라고 말하는 건

추억처럼 잿빛으로 변해가는 풍경 탓도 있겠지만

유독 그 계절의 냄새가 짙기 때문일 것이다.

Part 3

만남편

—

우리의 시작

친하게 지내도
괜찮겠다는 생각이 들었어

NAVER 카페

너랑 처음 만난건 네이버의 꽤 규모 있는 카페였어.

바로 몇 달 전에 실연을 당했던 내게
네이버 카페라는 공동체의 소속감은
실연의 슬픔을 잊을 만큼 나를 설레게 만들었지.

나는 완전히 카페 활동에 빠져 있었고
만화를 그리는 능력으로 인해 꽤 인지도를 얻게 되었어.

글을 올리면 한 시간 안에 댓글이 100개씩 달릴 정도였지.

그러던 중에 갑자기 네가 눈에 띄었어.

어느 날 갑자기 나타나서는
순식간에 나랑 비슷한 인지도를 갖게 된 거야.

사실 처음엔 위기감을 느꼈어. 라이벌 의식이랄까?

그러다 네가 처음으로 내 글에 댓글을 달았어.

🐟 붕어킹	와 너무 감동적입니다ㅋㅋ 쪽지로도 가끔 물으시는 분들 많죠. 그럴 때마다 제 대답은 한결같습니다. "저도 모릅니다."
🙂 og	붕어킹님 고생 많으셔요ㅠㅠ 몰래 열심히 보고 있어요. 이제 댓글도 열심히 달게요...♡
🐟 붕어킹	저도 애독할게요 감사해요...♡

흠…

친하게 지내봐도 괜찮을 것 같다는 생각이 들었어.

그때 너는 악성 댓글에 시달리고 있었고,
내가 대신 신고를 해주면서 우리는 조금 가까워졌어.

재밌는 게 뭔지 알아?

그때까지 너는 날 남자라고,
나는 널 여자라고 생각하고 있던 거야.

우리가 친해지면서 네 글에 내가 언급되고 내 글에 네가
언급되자 카페 회원들은 훨씬 즐거워하는 눈치였어.

조금 과장해서 말하면 우린 그 카페의 아이돌 같은 존재였달까?
회원들은 우리의 게시글을 추적하더니 우리 나이와 성별을 확인했어.
그러더니 갑자기 우릴 묘한 분위기로 몰아가는 거야.

처음엔 그냥 웃기고 재미있었어.

뭐야, 이 분위기~

ㅋㅋㅋ

사람들이 즐거워하는 모습을 보고 있으니
나도 덩달아 즐거운 마음뿐이었어. 그래서 쇼맨십이랄까,
그런 분위기에 장단 맞추며 튕기는 척 같이 즐겼어.

그런데 언제부터인가 네가 꽤 적극적이더라고.

🐟 붕어킹
전 진심인데요? ㅋㅋㅋ까짓거 한번 만납시다!!
여기서 대구까지 250km 찍히던데! ㅋㅋㅋ

🐟 붕어킹
얌 아무데서나 하트
쓰지 마!!

🐟 붕어킹
영지 어디 가여ㅠㅠㅠ
나랑 더 꽁냥꽁냥 해야지
어딜 가ㅠㅠㅠ

두근

두근

두근

솔직히 말하면, 진짜로 설레기 시작했어.
네가 자꾸 궁금해져서 카페에 수시로 드나들었어.

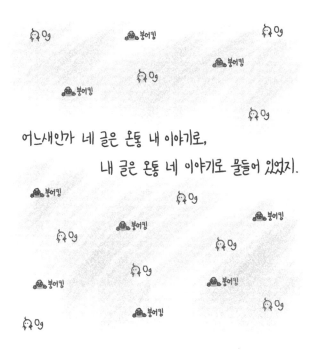

어느새인가 네 글은 온통 내 이야기로,

　　　　　내 글은 온통 네 이야기로 물들어 있었지.

그러다 보니 문제가 생겼어. 전체적인 분위기가
카페 본래의 주제보다 우리의 관계에 더 관심이 쏠려버린 거야.

갑자기 부담스러워지기 시작했어.
카페 운영진도 '친목 금지'라는 명분으로 압박을 넣기 시작했어.

이렇게 숨어버리긴 싫고
수습하기에는 너와의 관계가 아깝고.
그 와중에 바쁜 일이 생겨서 잠시 활동을 못 하던 타이밍이라
너와 이대로 끝나버리는 게 아닐까 조마조마했어.

그렇다고
갑자기 사적으로
연락하긴….

어떡하지…?

그래서 아무도 눈치 못 채게 내 옛날 게시글에
네가 달았던 댓글을 찾아가 답글을 남겼어.

🐣옹 뿡어님아

눈치 빠른 너는 내가 왜 굳이 그랬는지 금방 알아챘어.

🐡붕어킹 ㅋㅋㅋㅋㅋㅋ이제 관심이 싫어졌어여?ㅋㅋㅋ

🐣옹 와 바로 알아차리는 것 봐ㅋㅋㅋㅋ
      응 좀 자중해야겠어여...ㅜㅜ

🐡붕어킹 왜 그래요ㅋㅋㅋㅋ

🐣옹 그냥 갑자기 부담스러워졌어여ㅋㅋㅋㅋ 저 내일 핸드폰
      잠깐 볼 시간도 없으니까 기다리지 말라고 말할라 그래서

🐡붕어킹 아이고 다른 말 100번보다 이게 더 설레네 알겠어용♡.♡

🐣옹 ㅋㅋ잠깐 우울했는데 기분 좋아졌다ㅎㅎㅎㅎ
      잘자여 헤헤..♡

🐡붕어킹 나도 오늘 좀 많이 우울했는데ㅋㅋㅋ막 엉지야 나 막 이래서
      힘들어쩌 할라 했는데 보는 눈들이 많아서ㅜㅋㅋ잘 자요!!

🐣옹 우울한 하루 버티느라 고생했어! 잘 자요ㅎㅎ♡

🐡붕어킹 응응 보고 싶을 거예여ㅠㅠ♡

네가 결정적으로 나랑 진지하게 시작해보겠다고 마음먹은 게
바로 이때였다고 나중에서야 알려줬어.

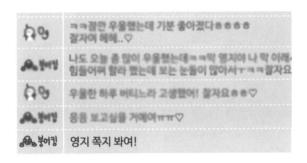

ㅋㅋ잠깐 우울했는데 기분 좋아졌다ㅎㅎㅎㅎ
잘자여 헤헤..♡

나도 오늘 좀 많이 우울했는데ㅠㅋ막 영지야 나 막 이래,
힘들어쩌 할라 했는데 보는 눈들이 많아서ㅜㅋㅋ잘자요

우울한 하루 버티느라 고생했어! 잘자요ㅎㅎ♡

응응 보고싶을 거예여ㅠㅠ♡

영지 쪽지 봐여!

이게 우리의 시작이야.

Part 4

연애편 1

—

너를 사랑하기 좋은 날씨야

꽃이 피어도, 꽃이 저물어도
그럴 거야

튕기는 게 아니라

예뻐서 그래

그게 뭐든 간에, 너랑

네가 부르면 나는

쇼핑의 기준

엄마의 불만

첫 만남

우린 실제로 만나기 전에 얼굴도 모르는 상태에서
2주간 매일같이 몇 시간씩 통화했어.

한 번도 본 적 없는데 네가 누군지, 나는 어떤 사람인지
거의 모든 이야기를 나눈 것 같았지.

그래서 실제로 만났을 때 마치
처음부터 알고 있던 사람처럼 느껴질 것 같았어.

운명처럼 말이야.

첫 약속을 잡을 땐 서로 너무 들떠 있었지.

그날 일 끝나고 차 타고 갈게.

응! 피곤하지 않겠어?

그날 아침에 대구 가는 비행기가
있더라고. 그래서 일 빼고 비행기 예약했어.

꺅ㅅ! 비행기 타고 오는 거야?

생각해보니까 그날 오전에 일을 안 하면
전날 오후에 일 끝나자마자 가도 되는 거 아냐?
비행기 취소했어. 그냥 일 끝나자마자 운전해서 갈게.

으악ㅋㅋㅋㅋ 알겠어ㅋㅋㅋㅋ

그리고 고대하던 첫만남.

말간 사람

참 말갛다.

너를 보고 맨 처음 떠올린 말이야.

네가 얼마나 악착같이 열심히 살아왔는지
나는 다 들었는데,

네가 얼마나 똑똑한 사람인지 나는 다 아는데,

바보스러울 정도로 헤—하고 나를 바라보는 네 얼굴이

참 말갛다.

아. 이 사람 나한테 홀딱 빠져버렸구나.

너무 사랑스럽다.
진짜진짜 잘해야지.

고백

너를 사랑하기 좋은 날씨야

맑은 날
따사로운 날씨야.
내일도 그럴 거야.

이번 달도,
다음 달도 그럴 거야.
올해도 내년에도 그럴 거야.

특히나 오늘은
널 사랑하기 좋은 날씨야.
매일 그럴 거야.

답장

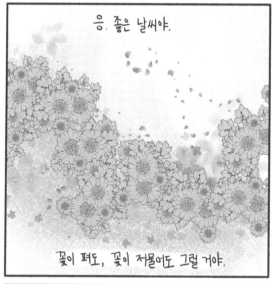

응, 좋은 날씨야.

꽃이 펴도, 꽃이 저물어도 그럴 거야.

비가 와도, 눈이 와도,

바람이 불어도 그럴 거야.

새소리가 나는 곳에서도,

사랑들 웃음소리 가득한 곳에서도,

파도 소리가 들리는 곳에서도 그럴 거야.

바로 숨결이 닿을 수 있는 거리에서도,

먼 발치 떨어져 있는 곳에서도 그럴 거야.

정말로 널 사랑하기 좋은 날씨야.

스며들다

이 사람에게 내가 특별해질 수 있을까?
전에는 어떤 사람을 만났을까?

그 사람들이랑 비교도 안 되는, 나만의 특별함으로
이 사람을 사로잡고 싶어.

이런 생각을 갖고 접근한다고 특별한 사람이 될 수 있을까?

아니, 내 특별함은 저 사람에겐 특별함이 아니야.
그냥 새로움이지.
새로움은 확실히 사람을 사로잡으니까, 오해할 수도 있어.

그냥 조금 더 편하게 생각할래.

그렇게 애쓰지 않고도, 자연스럽게 스며들면
그게 어느 순간 특별함이 되지 않을까?

자연스럽게 스며들고 싶어. 너한테.

네가 우주라면 나는

나는 그랬어.
사람들이 대화를 하는 건
나의 우주를 당신의 우주에 공유하는 건데,

사람들은 받아들이는 것보다는 표출하는 걸 더 좋아해서

상대에게 도달하지 못한 언어들은
공중에서 둥둥 떠다니다가

결국 사라져버릴 거라고.

그렇게 둥둥 떠다니다 사라져버리는 게 싫어서
어느새 나는 내 우주를 혼자 고이 가지고만 있었어.

그런데 있잖아.
나 너한테는 다 말할 수 있을 것 같아.

하나도, 남김없이,
다 받아들여줄 것 같은 느낌이 들어.

그러니까 한번 맡겨볼래.

네 우주의 은하수가 되어볼래.

처음이야

강

구석구석
강물이 지류를 따라 흘러
온 대지를 적시듯,

너의 마음 가장 위에서
어느 부족한 부분 하나 없이
아래로 흘러내릴게

그저 너라서, 너니까

사실대로 말하자면 나는 내가 손이 커서 그런가,

큰손이 좋아.

그런데 네가 손이 작다면,
나는 작은 손이 좋은 이유를 백만 가지 찾을 거야.

오물쪼물 요리할 때라든가,

내 손에 꼭 맞게 잡힐 때라든가,

그 손으로 나를 섬세하게 어루만길 때라든가.

두근

두근

두근 ...

맑은 웃음

있잖아. 그건 네 웃음이기도 해.

나는 어른이 돼서
이렇게 아기같이 웃는 사람을 처음 봤어.

어쩌면 너의 그 티 없이 맑은 웃음을 보고
어느새 나도 물들었나 봐.

요즘 정말로 많이 웃어. 고마워.

도.끼!

무게

어떡하지?

안정제

기억났어. 내가 너무 당황했던 날.

...아....

괜찮지 않다는 걸 눈치채고 바로 전화를 걸어준 거.

수화기 너머로 당황해서 거칠어진 내 숨소리가 느껴졌는지
나긋하게 "괜찮아"라고 몇 번이나 말해주던 거.

괜찮아.

괜찮아.

영지야, 괜찮아.

잘못한 거 아니야.

괜찮아.

진정될 때까지 몇 번이고, 몇 번이고 말해주던 거.

기도

신이시여,
당신이 존재한다면

내게 무엇도 헤쳐나갈 수 있는
담대함을 주소서

사사롭지 않은
넓은 마음을 주소서

당신이 내게 준 모든 것에
감사할 줄 아는 사람이 되게 하소서

진정 소중한 것이 무엇인지
돌아볼 줄 아는 사람이 되게 하소서

신이시여,
부디 내가 사랑하는 이를
마음의 감옥에 가두지 않게 하소서

너를 너답게 하는 것들

도무지 합의가 되지 않는 지점들이 있어.

사실 별것도 아닌데 그게 유독 튀어 보이고
자꾸 눈에 거슬리는 거야.

너랑 나랑은 잘 섞이고 있었는데

마치 중간중간 불순물이나 장애물이 끼어버린 것 마냥.

그런데 잘 생각해보니 그런것들이 더 소중한 거야.
너를 너에게, 그리고 나를 나에게 하는 것들.

네가 희색이고 내가 검은색이라면,
우리가 섞여서 회색이 돼었을 때

그런 것들이 우리에게 더 활력을 불어넣는 거야.

그러니까 내가 도무지 이해할 수 없는
너의 어떤 행동이나 취미 같은 거

그거, 나 좋아해보기로 했어.

이벤트

네 목소리, 네가 준비한 편지,
네 마음을 꼭 닮은 노래 가사,

짠!

≡
?!또?

속닥

다 너무 좋았어.

그런 게 처음이라 뭐부터 신경 써야 할지도 모르겠고
어떻게 반응해야 할지도 몰라서 굳어 있었지만

바보야

?!

어버버

노래를 먼저
다 듣고 읽었어야지!
가사 하나도 못 봤지?

다 너무 좋았어.

그중에서도, 노래 부르면서 수줍게,

반짝반짝 이쁜 눈으로 날 바라보며 웃던 네 얼굴이
제일 기억에 남아.

네가 불러줬던 노래들이 들려오면

사진보다 선명하게
너의 그 반짝반짝 웃는 얼굴이 떠올라.

섹시한 타입

전문기

Part 5

연애편 2

—

오늘도 당연하게, 너를

우리가 사랑하는 게
늘 당연한 일이었음 좋겠어

가지 마

어설픈 사람

넌 나한테 화가 나서 거실에서 혼자 술을 마셨어.
그러면서도 술안주로 내가 싫어하는 당근만 쏙쏙 골라 먹었어.

내가 싫어하니까 네가 다 먹어버렸어.
응. 넌 그런 사람이야.

그런데 나는, 또 내 생각만 하고 있었어.

네가 끝끝내 이 일을 용납하지 못한다면
그땐 내가 어떻게 해야 할지 상상하고 생각했어.

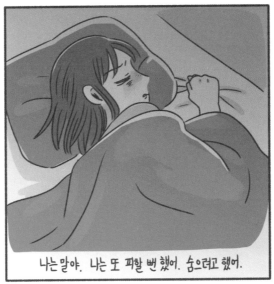

나는 말야. 나는 또 피할 뻔 했어. 숨으려고 했어.

넌 한참 있다 들어와서 말없이 나를 꼭 끌어안았어.
울고 싶은 건 너였을 텐데, 넌 우는 나를 계속 다독였어.

너무 미안하고 고마워서 미안하다는 말도 잘 안 나왔어.
너는 나에게 그냥 펑펑 울어버리라고 말했어.
그런데 나는 그것조차도 잘 못했어.

우는 것도, 말하는 것도, 행동하는 것도,
어느 하나도 제대로 할 수가 없었어.

응. 난 이런 사람이야.
뭐든 어설프고 어색한 사람.

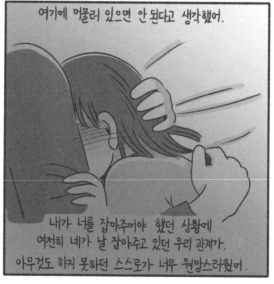

여기에 머물러 있으면 안 된다고 생각했어.

내가 너를 잡아주어야 했던 상황에
여전히 네가 날 잡아주고 있던 우리 관계가.
아무것도 하지 못하던 스스로가 너무 원망스러웠어.

그때 아무 말 못하더라도 거실로 나가서
네 옆에 앉아 있을걸.

네가 나한테 꼴보기 싫다고 들어가 자라고 말하더라도,
옆에 있겠다고 떼써야 했던 건데.

용기를 냈어야 했던 건데.

마법 같은 사람

저번 주엔 다툼이 잦았어.
만나고 나서 이렇게 연달아 갈등이 있던 건 처음인 것 같아.

사실 많이 절망하고 우울했어.
완벽한 줄 알았던 우리가 결국엔 이렇게 부딪히는구나.
당장에 보고 싶지 않아질 수도 있는 거구나.

사실 우린 25년 이상을 다르게 살아왔으니 갈등은 당연한 거지만,
인정하기가 너무너무 어려웠어.
그만큼 우리가 서로에게 딱 맞는 사람이라 생각했으니까.

그런 생각이 계속 나를 침범해서 결국에는 우리도
헤어질 수도 있는 그런 인연일까, 하는 생각이 들어서 많이 우울했어.
이별이라는, 조금의 가능성이라도 있는 것이.

그런 나를 눈치채고 너는 시를 써줬어.

잇몸병

잇몸에 병이 생겨 이가 흔들흔들 흔들린다

하지만 너도 알다시피,

흔들린다고 이가 빠지진 않는다

기억해

흔들린다고 이가 빠질까 두려워하는 건 바보야

체한 것 같은 기분이 한번에 소화되는 느낌이었어.

마법 같은 남자야. 어떻게 내게로 왔어?
나 더 이상 불안해하지 않을게. 약속해.

당연함의 소중함

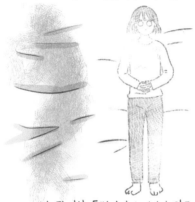

누군가와 함께 있는 게 당연하게 느껴지는 거,
난 그게 되게 서글픈 거라고 생각했어.

내가 더 이상 특별하게 느껴지지 않고
내 존재가 점점 희미해져만 가는 것 같았으니까.

그런데 나 이제,
네 옆에 항상 내가 있는 게 당연한 일이었으면 좋겠어.

언젠가 나를 떠날 수도 있다는
무의식중의 불안이 날아가버렸으면 해.

보고 싶다

딱히 놀리려던 건 아니고

사랑스러워

다행이야

그릇

응. 나는 발목 정도밖에 되지 않는 물가에서조차
헤어 나오지 못하고 허우적대고 있었어.

그게 전부인 줄 알았으니까.

그런데 네가 어떻게 했는지 알아?
내가 겁먹지 않게 아주 천천히 차올랐어.

남들이 보기엔 조금 빨라 보였을지도 몰라.
어쨌든 내가 느끼기엔 아주 차근차근 차올랐어.

그 깊이가 내 키를 넘어서자
너는 내게 헤엄치는 방법도 알려줬어.

어때? 제법 잘 따라가고 있어?

고마워.

네가 주는 사랑이 어딘가로 넘쳐 흘러버리지 않게
내 그릇도 조금씩 키워볼게.

앞

사랑하는 일은 앞서 걷는 일일까
앞서 걸으며 방패막이가 되면 될까

그래, 그러면 뒤를 따르는 너는 다치지 않겠지

그런데 앞서 걷던 내가
주춤주춤 뒷걸음질 치기 시작할 때,

너는 어떻게 해야 할지 알고 있을까

그래, 나는 너를 앞서 보내고
그저 뒤에서 소리치면 돼
잘 보고 가라고, 위험해 보인다고

그러다 네가 주춤주춤 뒷걸음질 치기 시작할 때,

나는 뒤에서 묵묵히
너의 무게를 감당해주면 되는 거야

네가 앞을 볼 수 있도록
네가 넘어지면 언제든
너를 업고 갈 수 있도록

그래, 그런 거야
네가 뒤를 보며
걱정하지 않도록 말이야

네가 힘든 날

드라마와 엄마

야생적인 일상

요리왕 비룡

요정

좋은 핑계

별도 달도 따줄게

이해

그 어떤 동기도, 이유도, 목적도
분명하지 않아요

이 일은 최소한 경제적이지도,
합리적이지도 않은 듯해요

근데 있잖아요
세상에 합리적인 일이
몇 가지나 되나요?

다만 나의 모든 감각이, 본능이
그리하라 이야기하니 난 해볼게요

그런 적 없었어요?
지나고 나서야 이해가 됐던 일들

금슬

지혈

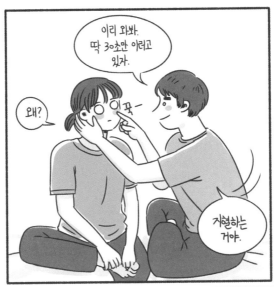

아무렇지도 않게, 훅

사랑의 형태

나는 사랑하는 마음이 크다면, 그것만으로 충분하다고 생각했어.
하지만 그건 보여줄 수가 없는 거잖아.

그건 드러나야만 알 수 있는 거고,
솜사탕이나 초콜릿처럼 달콤한 형태로 건넬 수도 있는 거지만

이렇게 공격적인 형태로 건네질 수도 있는 거야.

그래서 사랑은 본능적인 것이지만
사랑하는 방법은 배워야 되는 건가 봐.

누군가 그런 공격적인 형태로 마음을 표출하는 사람을 두고
그것도 사랑일 것이라며 상처를 덮으려고 하지 않았으면 좋겠어.

그게 정말 사랑이라 하더라도, 상대를 행복하게
만들어줄 수 있는 방법을 배운 의지조차 없는 사람인 거잖아.

나는 있잖아,
너를 만나고 나서야 '정말로 사랑하는 방법'을 배우고 있는 것 같아.

잘 몰라서 가끔 너를 긁기도 하지만,
그래도 나 최선을 다해서 배워가고 있어.

사랑해.

뽀뽀 귀신

4차원의 기록

어떻게 표현해야 할까.
이 순간 시간이 멈췄으면 좋겠다는 말로는 아쉬워.

앞으로도 너랑 해야 할 것들이 무지하게 많으니까.

4차원이 시공간의 기록이라면, 지금 이 순간이 계속해서 기록되어서
그걸 언제든지 꺼내볼 수 있었으면 좋겠다는 생각이 들었어.

너와 내가 빛이 예쁘게 드는 오후에 자고 있는 모습,
그런 이미지뿐만이 아니라.

쌔근거리는 네 숨소리, 약간 더운 공기, 땀냄새 섞인 포근한 냄새,

나른하게 들어오는 햇빛이 눈부셔서 자꾸 네 품으로 숨고 싶은
기분이라든가, 잠에서 깨면 곧 헤어져야 한다는 안타까움,

널 깨우고 싶어서 지분거리면서도 자꾸만 잠에 빠져버리고
마는 내 상태라든가, 무의식중에 계속 날 찾는 네 손길 같은 거.

그런 기록들을 담아두고 네가 없을 때 언제든 꺼내서 느끼고 싶다.
그런 생각을 하면서도 자꾸만 자꾸만 잠에 빠져들었어.

Chapter 6

연애편 3

—

온 세상을 다 가진 기분

쭉 너와 함께일 거라는
확신이 들었어

귀찮게 굴기

나보다 나를 더

우린 몇 시간을 통화하면서 즐거워하다가, 삐끗해서 다투게 됐어.
정적이 흘러서 전화를 끊으려다가 그래도 그 끈을 놓지 싶지 않아서
계속 이야기하며 풀어나갔어.

그제서야 마음속에 있던 솔직한 이야기들이 나오고
차가워졌던 대화에 다시 온기가 돌았어.

내가 말한 게 맞았어?

그런 것 같아.

사실 계속 짐작은
하고 있었는데 어렴풋한
상태에서 머물고 있었어.

내가 그걸 명확
하게 만든 거네.

이제 원인을 알았으니까
그러지 말자.

응.

내 마음인데 어떻게 네가 더 잘 알까.
나는 내 마음 하나 못 읽는데
너는 늘 나보다 한발 앞서서 나를 바라보고 있어.

다음에 네가 또 그런 행동을
보이면 그땐 나도 욱하지 않고
차분하게 말해줄게.

그만 자자.
해뜬 지 오래됐어.

응. 잘 자.
사랑해.

사랑해.

그만큼 나보다 나를 더 깊게 들여다보고
더 많이 생각하고 있다는 거겠지.

당해낼 수가 없네.

한결같이

너랑 치킨 먹을 때
닭다리 두 쪽 다 내 것,

생선 먹을 땐 제일 맛있는
부위라며 볼살도 다 내 것,

늘 마지막 남은 고기 한 점도,
잔뜩 기대한 메뉴가 나왔을 때 처음 싼 쌈도,

같이 술잔을 바우고 쓴 혀를 달래러 안주가 들어오는 곳은
항상 네가 아닌 내 입이지.

못 본 척

외계인의 기록

치약 맛

자존감

내가 좋아하는 카페 사장님이 나를 보더니 말하셨어.

"꼭 우리 딸이 생각나.
걔는 남자친구가 얼마나
자주 바뀌는지….

또, 한번 빠지면
헤어나질 못해.

남자친구를 사귀는 건
좋지만 그 전에
자기 자신을 더 잘
돌봐야 하는데 말이야."

딸 이야기를 하셨지만 꼭 나를 넌지시 들여다보듯이 말씀하셔서,
나는 사장님이 처음부터 내 속을 훑어보려고 말씀하신 것만 같았어.

자존감은 나 스스로 찾아야 한다든가
자신을 사랑하고 더 소중히 여기고 난 다음에
사랑도 있는 거라고, 머리로는 잘 알고 있는데
사랑에 빠지면 그게 잘 안돼

우리 서로에 대해 거의 다 알 만큼 사귀었고
그동안 꽤 그 형태가 변했잖아.

처음 설레고 좋기만 했던 감정이 솔직히 그립기도 하지만

세상에 늘 설레고 좋기만 한
연애가 어디 있겠어.

그걸 알면서도 받아들이는 건
역시 힘들어서
조금 제대로 알아가고 싶어.

우리 관계의 변화에 대해.

내가 너무 어렵게
생각하는 걸까?

그저 흘러가는 대로 두면 될 일들인데
내가 붙잡고 놔주지 못하는 걸까?

그치만···
그냥 흘러가는 대로
흘러보내기엔

내가 무언가
놓치게 될까 봐
두려워.

환상과 현실 사이

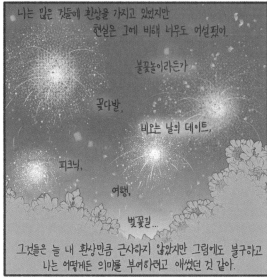

나는 많은 것들에 환상을 가지고 있었지만
현실은 그에 비해 너무도 어설펐어.

불꽃놀이라든가

꽃다발,

비오는 날의 데이트,

피크닉,

여행,

벚꽃길...

그것들은 늘 내 환상만큼 근사하지 않았지만 그럼에도 불구하고
나는 어떻게든 의미를 부여하려고 애썼던 것 같아.

그냥 그토록 고대해왔던 거니까
생각했던 완벽한 그림에서 어긋나고 싶지 않았어.

너무 좋다....

......

그래서 내가 만들어낸 환상 속에서 뭔가 그 상황에 딱 맞는
각본이라도 있는 것처럼 조마조마해하며 행동하고 있었던 거야.

'별거 없네'라는 말을 꾹꾹 눌러 담고 '별것'인 양 영혼 없는 호들갑을 떨어댔지. 그래서일까, 너와 함께하던 그런 날,

라며 털털하게 웃어 넘겨버리는 모습에 잠깐 당황했지만, 왜 그리 숨통이 트이던지.

이제야 알 것 같아.

사실 상황을 특별하게 만드는 건 완벽하게 쓰인 각본이 아닌, 조그맣고 사소한 '틈'들이었다는 것을.

콤플렉스

예쁜 생색

사랑의 모양

'두 분 사랑하는 방식이 너무 이뻐요〜'
'작가님 같은 연애하고 싶어요.'
'완벽한 커플.'

이런 댓글이 달리면...

뜨끔

사실 조금 뜨끔한다.

우리도 싸운다. 아주 사소한 걸로 싸우기도 하고
자주 상대에게 토라지거나, 자신의 입장만 고집하거나,
똑같은 문제를 반복하기도 한다.

게다가 항상 원만하게 해결되는 것도 아니다.

최대한 솔직한 이야기를 그려내고 싶지만
그런 것들을 선뜻 그리기가 어려운 건

아무래도 일상적인 이야기와 달리
싸움의 이유는 사생활적인 부분이 많고

내 입장에서만 그려낸 갈등의 순간이
너에게는 상처가 될 수도 있고

함께한 모든 순간이 그려지진 않을까
의식되어 네 행동을 제한시킬 수도 있기 때문이다.

그리고 SNS를 하는 여느 사람들처럼
나도 좋은 모습들만 보이고 싶기 때문에.

그러니 혹시라도 내 그림일기를 보곤
자신의 연애와 비교하며 우울해하는 사람이 없었으면 좋겠다.

다른 사람들의 기준에 맞춰 부족한 부분에 우울해하지 않고
둘만의, '너'이고 '나'이기에 가능한 관계를 만들어가는 것.

특별함은 거기에 있지 않을까?

대화

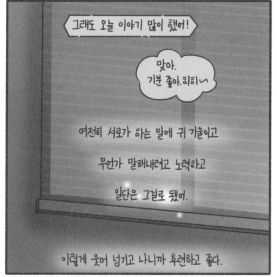

사소하고 꾸준한 고백

좋더라

내 남자친구 ♡

좋더라
그저 네 눈을 보고
가만히 있는 것조차

그냥 좋더라
네가 좋아하는 것을
함께하는 것조차

참 좋더라
너와 다른 나를
온전히 받아들여 주는 것조차

좋을 거야
나와 다른 네가
온전히 나와 뒤섞이는 것조차

동굴의 존재

《화성에서 온 남자, 금성에서 온 여자》를 보면
남자에겐 주기적으로 '동굴'의 존재가 필요하다고 나온다.

네가 전에 한번 내게서 떨어져 나가는 느낌을 받았을 때
너는 그 표현을 인용했다.

나를 너무 사랑하지만 고무줄이 너무 팽팽하게 당겨져서
그 반작용으로 튕겨져 나갈 것 같다고,
조금 느슨하게 만들 시간이 필요하다고 너는 다정한 투로 말했다.

> 딱 3일 정도만.
> 그래도 어디 갈 때 정도는
> 꼭 연락할게.

팽팽

팽팽

그럼 그 반작용으로
다시 팽팽해지려 돌아올 것이라고 너는 나를 안심시켰다.

남자의 특성이건 뭐건 잘 납득이 가지 않았다.
좋으면 그냥 좋은 거지, 밀당도 아니고 고무줄은 뭐람.

다만 너는 그 '동굴'이란 표현이 참 와닿았다고 했다.
네겐 그 공간이 필요하다고 말했다.

아아, 그렇구나. 넌 그런 사람이구나.

네게 동굴이 필요하다는 사실을 알고 나서
나는 마음속 한편을 비워두었다.

두 번째로 네가 동굴에 다녀오겠다는 말을 했을 때
네가 다녀올 곳이 내가 비워둔 마음속 한 구석이라고 생각하니
더 이상 불안하지 않고 마음이 참 편안하다.

푹 쉬다가 돌아와요, 내 사랑.

부재

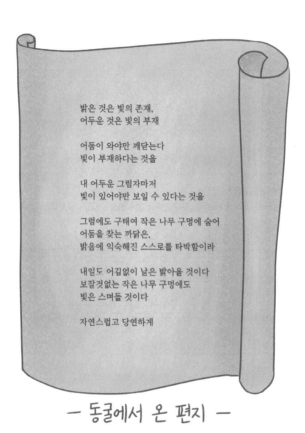

밝은 것은 빛의 존재,
어두운 것은 빛의 부재

어둠이 와야만 깨닫는다
빛이 부재하다는 것을

내 어두운 그림자마저
빛이 있어야만 보일 수 있다는 것을

그럼에도 구태여 작은 나무 구멍에 숨어
어둠을 찾는 까닭은,
밝음에 익숙해진 스스로를 타박함이라

내일도 어김없이 날은 밝아올 것이다
보잘것없는 작은 나무 구멍에도
빛은 스며들 것이다

자연스럽고 당연하게

— 동굴에서 온 편지 —

관심사

택배

사랑이란 이름으로

너는 처음부터 확신에 가득 찬 듯 나에게 섞여들려고 했어.
그런 널 보고 나는 설레면서도
선뜻 나를 내던지거나 너를 받아들이기를 두려워했던 것 같아.

기억나?

내가 너에게 너무 감당할 수 없을 정도로 잘해주지 말라고
말했던 거. 네가 너무 깊이 들어오는 게 무서웠어.

그렇게 말하는 내게 너는

"무슨 소리야. 이제부터가 시작이야. 너를 진짜 진짜 사랑하는
남자가 어떻게 행동하는지 앞으로 잘 지켜봐." 라고 말하고는

사랑이 처음인 것처럼 나에게 모든 걸 내던졌어.

나만 사랑에 상처받았던 사람이 아닌데,
오히려 네가 훨씬 더 많은 경험과 상처를 가졌을 텐데도 말이야.

있지, 그랬던 내가
이제는 네가 주는 사랑을 보이는 족족 꿀떡꿀떡 삼켜버리고는
더 달라고 조르고 있어.

알아. 내가 한번씩 과해져서 가끔 널 힘들게 한다는 거.

그래도 좋게 생각해야 돼.
그만큼 깊은 곳으로 풍덩 빠져버린 거 아니겠어?
헤어날 생각도 없이.

나는 내가 너와 사랑하기를 겁내고 주저했을 때보다

사랑이란 이름으로 가끔은 침범하고

가끔은 데이더라도

지금이 훨씬훨씬 좋아.

완벽한 사랑

《연애를 읽는다》라는 책을 보면
로미오와 줄리엣, 위대한 개츠비같은 소설을 소개하며
영원한 사랑을 다루는 소설은 대개 사랑이 절정으로 치달았을 때
주인공 남녀가 죽음을 맞이하게 된다고 말한다.

만약 그들이 살아남아서 함께 늙어갔다면 뜨거운 사랑의
열기는 점차 식어가고 그 과정에서 변화를 받아들이기
힘들어하는 지극히 평범한 이야기가 되었을지도 모른다.

우리는 누구나 뜨겁고 영원한 사랑을 꿈꾼다.
그러나 인정하기 어렵겠지만 가장 뜨거운 순간에 죽지 않는 한

관계의 형태는 변해가기 마련이다.

사실 잔잔하고 평범한 오래된 연애보다
뜨겁게 활활 타오르는 초반의 연애를 하는 것이 더 쉽다.
두 갈래의 물줄기가 한곳에서 만나 흘러내려가듯이
그저 그 흐름에 몸을 맡겨버리면 그만이니까.

그런데 그렇게 흘러흘러 바다까지 내려갔을 때
더 이상 흐를 곳이 없다면?

더 이상 감정의 흐름에만 모든 것을 맡겨버릴 수 없어졌을 때.
'이해'라는 것이 필요해졌을 때.
난 이때부터 진짜 두 사람만의 관계가 시작됐다고 생각한다.

어쩌면 소설 속의 주인공이 된 듯한
뜨겁고 드라마틱한 로맨스가 아니라
그 시기를 지나온 진짜 사람 사는, 사랑하는 이야기.

그것이 지극히 평범해지는 과정일지라도, 누군가 그 평범한
이야기를 읽었을 때 잔잔함 속에서도 특별함을 느낄 수 있도록
우리가 더욱 소중히 다루어야 할 이야기.

수면제

행복한 영향

문지기

관계의 변화

무언가 신경이 쓰이기 시작하고 심지어 그게 잘 안 풀리면
이상하게 집착을 하게 됐다.

이번 경우엔 애정표현의 문제였다.

처음에 온 세상을 분홍빛으로 물들이던 너의 달콤한 애정 표현들이
부쩍 준 것처럼 느껴졌기 때문이다.

처음처럼 말도 안 되게 낭만적인 말까지는 아니더라도

언제까지고
"네가 처음이야."
같은 말을 되풀이
할 순 없으니까…

끙…

오늘 나를 얼마나 생각했는지, 보고 싶었는지, 계속해서 나를
지켜보고, 궁금해하고, 표현해줬으면 좋겠다는 생각이 들었다.

그걸 말하기엔 너무 꿍하거나 어려 보일 것 같고,

표현이 마음에 비례하는 거라면
혹시나 예전만큼 마음이 나에게 있지 않은 게 아닐까
겁이 났다.

게다가 요즘 내가 많이 힘들어 보여서
눈치 없게 털어놓을 수가 없었다.

그렇게 네가 힘든 일이 해결되고 나면 그땐 맘 편히
털어놓을 수 있을까, 생각하다가 문득 깨닫고 말았다.

츠윽

네가 힘든 이유.

나를 만나기 위해 평일 4일에 일을 전부 몰아서 하고
그렇게 일에 혹사되고 나면 숨 돌릴 틈도 없이
나를 보러 4시간 거리를 꾸준히 달려오기를 일곱 달째.

그런 너에게 나는 애정 표현이 줄었다며 서운해했던 것이다.
네 모든 스케줄은 내 중심으로 짜여 있었는데도.

사랑의 크기가 아니라 표현의 방법이 달라졌을 뿐이었다.

나를 녹이고 설레게 했던 달콤함보다
나를 버틸 수 있게 하는 든든함으로,
늘 내 곁을 지켜주는 우직함으로

나는 여전히 최선을 다해 나를 사랑하고 있었다.

아아, 나는 또 관계의 변화를 읽어내지 못했구나.
계절이 흘러가듯 사랑도 점차 다른 모양으로 그려진다는 것을.
너를 처음 만나 모든 게 새롭고 신기하던 봄을 그리워하며

아, 가을은
이다지도 쓸쓸
하구나….

라고 생각하고 있었다.

그런데 그 흐름에 몸을 맡기고 받아들이고 나니,
가을도 이렇게나 풍성한 계절이었구나.

너와 보내는 새로운 계절.
조금은 낯선 이 계절을 차분하게 받아들여야겠다.

언제까지나 함께

그리고 저녁엔 이모티콘 작업했는데
몇 시간을 붙잡고 있어도 계속
원하는 대로 안 나오는 거야.

며칠 동안 진도도 안 나가서
너무 짜증 나고 좌절감이 들었어.

보니까 잘 만들었더구먼.
잘하고 있어. 걱정 마.

그러다 결정적으로 어젯밤에 통화하다가
그렇게 짜증 났던 걸 말하는 순간에
통신상태가 안 좋아서 끊겨버렸잖아.

그때부터 막 서러워서
눈물이 나기 시작하는 거야.

바보야. 너 며칠 전부터 계속 이상했어.
동굴을 간다느니, 뭐든 다 재미없다느니,
모든 것으로부터 멀어지고 싶다느니.

당연하지.
그만 잘까? 너무 늦었다.

그러자. 잘 자.

잘 자. 사랑해.

사랑해.

나의 밤하늘이 어둠으로 가득 차는 날이면
너는 늘 은하수를 그리기 시작해.

행복한 상상만으로 진짜 행복해지기 시작한다는 게
얼마나 멋진 일인지 몰라.

네 우주의 은하수가 되어볼래

2018년 12월 24일 초판 1쇄 발행

지은이 최영지

펴낸이 김상현, 최세현
마케팅 심규완, 김명래, 권금숙, 양봉호,
　　　　임지윤, 최의범, 조히라, 유미정

책임편집 김새미나, 이기웅, 김사라
경영지원 김현우, 강신우
해외기획 우정민

펴낸곳 시드앤피드
주소 경기도 파주시 회동길 174 파주출판도시
팩스 031-960-4806

출판신고 2006년 9월 25일 제406-2006-000210호
전화 031-960-4800
이메일 info@smpk.kr

ⓒ 최영지 (저작권자와 맺은 특약에 따라 검인을 생략합니다)

ISBN 978-89-6570-745-5 (03810)